우리 집

우리 집
ⓒ 윤순희, 2018

지은이_ 윤순희

펴낸곳_ 도서출판 도훈 /376-2017-000061
발행일_ 2018년7월 6일

사무실_ 서울시 용산구 이태원로15길 14-4
전　화_ 0507-1453-4621, 010-6722-4621
팩　스_ 0504-227-4621
이메일_ flyhun9@naver.com
홈페이지_ dohunbooks.modoo.at

인　쇄_ 미창 프린팩
홈페이지_ www.mcprint.co.kr

ISBN_ 979-11-961587-7-4 03800
정　가_ 10,000원

「이 도서의 국립중앙도서관 출판예정도서목록(CIP)은 서지정보유통지원
시스템홈페이지(http://seoji.nl.go.kr)와 국가자료공동목록시스템(http://
www.nl.go.kr/kolisnet)에서 이용하실 수 있습니다. _CIP2018020455」

우리 집

윤순희 시집

좋은 책 만드는
도서출판 도훈

시는 영혼의 집,

청지님의 시집은 청지님 영혼의 집, 드디어 청지님도 영혼의 집을 한 채 갖게 되었군요. 외동아들에서 네 명의 쌍둥이 손녀를 둔 할머니가 칠십 고령 노산의 고통을 품고 출생한 옥동자의 탄생이라니! 엄청난 그 기쁨 함께하며 삼가 책머리에 축하의 글 올립니다.

청지님은 우리 집사람과 소띠 띠동갑,

농경시대의 소처럼 일복을 타고나 숨을 헐떡이며 오륙십 년대에 거친 들일을 해내는 한편 바지런하고 눈썰미 있고 재기가 넘친 청지님은 자기개발에도 힘써 프로급의 사진도 찍을 줄 알고 봉사활동도 게을리하지 않으면서 무엇보다 틈틈이 시를 써 모아 지금 이 자리에 이르렀습니다.

무릇, 시는 한 개인의 역사요 시대의 거울이라고 합니다. 역사는 개성이 있어야 역사요 무개성은 역사가 안 되지요. 청지님의 시를 잘 들여다보면 시어 하나하나에 개성이 반짝이고 동시대의 생각, 형식 등이 잘 표현되어 있음을 볼 수 있군요. 6·25동란 후의 가난과 독재체제의 경색된 사회구조가 시구詩句 구성과 조사措辭 처리에 어쩔 수 없이 반영되어 대체적으로 시가 도식적이고 일률적인 경향을 보이는데 이는 장점이기보다 딛고 넘어서야 할 대상이 되기도 합니다.

시는 형식과 내용의 어느 한 가지라도 틀에 얽매이게 되면 독자와의 관계도 아주 부자연스러워 친화력을 잃게 됩니다. 고정된 틀을 깨고 자유롭게 시어가 구사될 때 시의 자장도 넓히고 독자의 상상력도 높여 시의 파급효과가 극대화되리라 믿습니다. 이제 민주화된 21세기 진정한 자유시대를 맞아 우리 시인들에게 기대되는 포인트도 역시 자유입니다. 이 점, 청지님의 제2 시집에서 유감없이 유념해 주기 바랍니다.

2018년 초여름 지화자 농장에서

정대구

| 첫 시집을 내면서 |

　푸르름은 점점 짙어져 여름을 활짝 열고 오는데 만세를 불러야 할 내 마음은 움츠러들기만 한다. 글을 쓴답시고 바쁜 척했지만 오만 가지 일을 벌여놓고 한 가지도 제대로 못 하는 결과가 되었음을 뼈저리게 느낀다.

　책을 낸다는 것은 생각지도 않았던 일이다. 그저 문우들과 만남이 좋아서 여기까지 왔을 뿐이다. 시집을 내겠다고 말을 해 놓고, 눈뜰 욕심에 덜컥 삼백 석을 약속한 심봉사처럼 마음이 괴롭다. 사실 글과는 거리가 멀었지만 우연한 기회에 백일장에 나가 상을 받으면서 뒤늦게 글을 접하게 되었다.

　글을 쓴다는 것이 쉬운 일이 아니었다. 부지런해야 하고 많은 고뇌의 시간을 보내야 했다. 그 바쁜 와중에도 글을 내치지 못하는 것은 글로 인한 나의 반성과 반성 뒤에 오는 기쁨이 있기 때문이다.

　이번 시집의 부끄러움은 제2집, 제3집의 더 좋은 글을 쓰겠다는 채찍이라 다짐한다. 그런데 벌써 70이 되었으니 지금부터 열심히 해 보았자 얼마나 더 할 것인가! 정대구 선생님께서는 늘 '다 접고 글쓰기에만 최선을 다하라'고 하시니 이제라도 욕심을 내보려 한다. 고개 숙여 선생님께 감사드린다.

　많이 부족한 시이지만 한 편의 시에서라도 감동받는 이가 있었으면 하는 바람이다. 이 책이 나오기까지 애쓰신 모든 분께 감사한다. 네 명의 손녀를 무럭무럭 키우는 아들과 며느리 감사하고 극락에 먼저 가 있는 남편도 '씩씩하게 잘 살아가더니 용감하게 첫 시집을 내었다'고 칭찬해 주리라 믿는다.

2018년 7월

윤순희

차례

2부 안면송에 머물다

3부 몽골초원을 달리다

1부

어느새 봄이

어느새 봄이

그래도 올봄은 인기척을 내본다
밀물처럼 야금야금
기척도 없이 떠난 겨울에 속아
대바구니에 호미를 담아 출발선에서
도움닫기를 하고 있다

향은 날아오는데 아직 모습은 보이지 않는다
놀라게 해주려고 그러는 모양인데
함진 애비가 버텨봤자 결국은 바가지 밟고
문지방 넘어올 것 다 알지
처녀 총각 사랑 고리에 추임새라는 것을

일시에 나타났다
또 속았다

2월

저 빛

저주파가
툭
툭
신경을 건들인다

잠결인가
생시인가
그냥 돌아눕는다

저 샘

고주파가
찌릿
찌릿
푸른 신호를 보낸다

얼까

녹을까

팽팽하다

자위가 돈다

등굣길

학교 가는 길은 멀었다

아침밥 숟갈을 놓자마자
한 손은 가방 두 개를 들고
언니는 내 손을 잡고 달렸다

꽃들이 흐드러지게 피었다거나
새들이 앞에서 재재 거렸다거나
지각생들은 모두 핑계를 댔다

뒤꿈치들고 미는 교실 문이 무거웠고
책가방 속엔 육학년 책이 들어있었다

언니 교실로 달려가자
삼학년 책을 펴고 있었다

엄마 솜씨의 똑같은 책가방
집에 가는 길은 짧았다

개나리

밤새워 하늘에서
그렇게
무리하게 빛나더니
우리 집 울타리에
모두 노랗게
쏟아져 내렸구나

오월의 기도
– 세월호 사건을 생각하며

엄마는

하얀 국화 사이로 V자를 그리며

웃고 있는 해맑은 눈망울들

목이 메여 불러봅니다

세 살배기 아이부터

지팡이에 의지한 어르신까지

이 흐느낌의 물결을 누가 막겠습니까

우리의 가슴이 이럴 진데

꽃봉오리를 잃은 부모의 마음이라

지금 오열하는 가슴앓이는 역사 속에서

두고두고 지워지지 않을 것입니다

엄마는

아직 사월을 보내지 않았는데

피멍이든 가슴위로 벌써 오월이 지나갑니다

양심마저 저버린 미친 세월은

잊혀지지 않을 유월, 오월도 모자라

보낼 수 없는 사월을 또 만들고 말았습니다

엄마는
보낼 수 없어서
놓을 수 없어서
지워지지 않는 영원한 현재를
가슴에 새겼습니다

고뇌

벼르기만 하다
끝내 다짐도 지키지 못한 채
벼랑 끝에 오고야 말았다

조급함에 휘여 잡은 해넘이
땅거미처럼 커져가는 무거운 그림자들
죄수의 수갑마냥 조여만 오고 있다

침묵 속에서도
치열한 시간은 흐르고
하얀 종이 위에 상큼한 단어 하나
끝없는 술래잡이

진한 감동으로
빛나는 별을 보기 위해
얼마나 더 깊은 밤을
기다려야 하는가

뚝배기

된장과 풋고추
뚝배기 속으로 빠져들었다
삼총사가 만난 듯 보글보글 웃는다

며칠 못 본 사이
또 보고 싶어진다
텃밭 애호박이 수작을 건다
뚝배기 집에 놀러 가자고

역시 친구는 죽마고우가 최고야

봄비

상큼한 바람 한결
빗살 무늬가 문을 연다

빗겨진 버드나무 잎새에
연둣빛 방울이 흐르고 있다

옹 매여져 있던 매듭들이
올올이 풀린다

굳었던 관절들을 자근자근
두들겨준다

두터웠던 발뒤꿈치 각질을
말끔히 밀어낸다

새 신으로 갈아 신고
길라잡이 나선다

땅보다 먼저
새싹들이 반긴다

쌍봉산

마귀할멈이 산신령한테 쫓기다 버리고 간
보따리가 산이 되었다는데 더 재밌는 건
그 보따리를 걸어 놓았던 자리가
잘록하게 들어가 쌍봉이 되었단다

계절을 잊고 사는 젊은 고동소리
솔향 뿜어내는 맥박소리
산자락에 그들먹하다

매향리 해변에 발을 찍고
가파르게 365개 계단을 밟아 오르면
서해대교가 해를 품고 가로 서있다

3·1운동 만세의 소리가 서린
쌍봉산의 낙타 등어리는
해넘이에 이어 해맞이까지
내가 사는 땅의 수호신이다

오늘도 나는 낙타를 타고
사막을 횡단한다

바다의 인내

다 떨쳐 버리고 정겨운 계곡 유년으로 돌아가고 싶다

무거운 몸 뒤뚱거리는 출렁임의 소산이
부글부글 하얗게 뿜어져 나온다
틈만 나면 벗어나려 을러보지만
철썩철썩 허허로운 소리만 부서질 뿐
수수만년 참았던 속내를
한 번쯤 토악질로 뒤집어 성깔을 부려본다

결국은 제자리
내 품 안에서 자라고 있는 저 새끼들을 어쩌지 못해
퍼렇게 멍든 가슴 넓고 깊게 안으로 새기며
하늘바라기 하며 새기던 어미 마음
배를 가르는 고통을 참아낸다

대지가 눈을 뜨다

청이의 아비
오랜 잠에서 깨어난다

겨우내 무거웠던 눈꺼풀
지팡이 끝으로 밀어올린다

오~ 이 환희

네가 바로 내 딸
청이란 말이냐

참았던 눈물은 내가 되어 흐르고
고였던 한숨은 아지랑이로 피어오르고
잊었던 웃음은 꽃으로 피어난다

대지는 온통 개안축하연으로
봄이 터진다

설날

설은 고향이다

아무 때나 반겨주는
갈 곳이 있다는 것
이보다 더한 믿음이 어디 있을까
이보다 더한 안식처가 어디 있을까
태어남과 죽음을 같이 할 수 있다면
이보다 더한 행복이 또 어디 있을까
돌고 돌아도 끝내 제자리에 돌아올 수만 있다면
무엇을 한들 힘들 것인가
참지 못할 일이 무엇이 있겠는가
지난 일을 되돌아보며
새롭게 다짐을 하는 것이다
그 다짐식을 하기 위해 고향을 찾는 것이다
세배를 드리는 것이다
이렇듯 소중한 고향을 찾는데 그냥 갈 수 있는가
깨끗한 몸에 새 옷을 입고
선물을 들고

덕담을 갖고

미소를 지으며

힘들어도 가는 것이지

마을 어귀만 들어서도 긴 가래떡 같은 길이 정겹고

마당만 들어서도 구수한 어머니 냄새가 마음을 편안하
게 한다

나의 익어감을 실감하는 날이다

윷놀이

광대들이 엎어지고 제껴진다
와~ 까르르 짝짝짝
신이 난 넷은 구르고 튕긴다

돼지가 뒤뚱대면 개가 끌어주고
양이 넘어지자 소가 일으킨다
간신히 말 등에 업혀 사방 길 달리는데
뒷걸음질 덫에 걸려 몽땅 죽는다

외줄타기는 늘 팽팽하고
밖으로 떨어지는 낙오의 길
에돌아가느니 지름길 택하지만
마당놀이 광대는 줄행랑을 친다

도개걸윷모
개도모를걸

글자 하나 바꾸자
인생은 윷놀이

엄마의 기도

흔들리는 수평선과 함께
엄마는 초점을 잃어가고 있었다
침대에 앉아 즐거운 이야기 중에
"아이구 머리야"
예측할 시간도 주지 않고
팔십 삼 년의 나룻배는 행로를 잃고
인공호흡기에 매달려 떠내려갔다

"일 년만
한 달만
아니, 일주일만이라도"
나의 애원은 거품으로 흩어졌다

" '지난주 교회에서 만났는데,
그렇게 쉽게 가시다니…'
라는 말을 하게 해 주세요"
엄마는 늘 그렇게 기도했다

바다 속에는 수초들이 하늘거리고
잔잔한 물 위에는 갈매기가 나는 평온
그 일상이었기에 모두 믿지 않았다

닻이 내려지고 가물가물
아무 일도 일어나지 않은 듯
엄마의 영혼을 품은 물결만이
수평선 너머로 멀어져 갔다

오월 소

자연이 준 수명을
다 누리고 가는 소가 있을까

미끄덩거리는 탯줄이 마르기도 전에
세상 일 다 해치울 듯
비척거리며 일어서던 꿈들

여름을 가득 메우는 초록이 돌아와도
바퀴의 흔적을 지우려는 물결의 소용돌이에 밀려
서야 할 자리가 없어졌다는 걸 안 뒤론
속수무책 허허롭게 되새김질로 달래고 있다

어슬렁거리는 느림의 미학으로
껌뻑이는 눈동자에 그렁그렁 고인 순정은
비만의 공포 가득한 빗장에 갇혀 잊혀진지 오래다

찰방찰방 걷어차며 논갈이 끝내고
지게에서 너풀거리는 꼴을 따라 외양간에 들어오면

구유에 풋내 그득한 들꽃의 맛
덜거덕덜거덕 달구지 위에서
아이들의 웃음소리가 흔들거리고 있다

나는 일복 터진 오월 소띠다

나의 사월은

따스한 햇살이 등을 어루만져도
아랫목이 그리운 마음아

만발하게 피어나는 꽃 웃음에도
누워있던 사람만 생각나는 마음아

뱀처럼 꿈틀대는 논둑에서
헛바퀴 돌아가는 오토바이 그림자

앰블런스 기다리며
애간장 다 녹이던 마음아

실낱 같은 기적에 매달려
애원하던 마음아

새로운 몸짓 봄바람 불어와도
내겐 아무 소용없는 마음아

이제 들꽃이 되어버린

하얗게 떨어지는 벚꽃잎 같은 마음아

바람

어렸을 때 바람을 좋아했다
혼자만 좋아한 것이 아니라 바람도 나를 좋아했다
내가 가는 곳이라면 어디든지 졸졸 따라다녔다
산으로 들로
빨리 가면 빨리
천천히 가면 천천히
자전거를 타고 달리면
바람은 나보다 더 신나게
머리칼을 휘날리며 따라왔다

그랬던 바람이
그때 만큼은 아닌 것 같다
더워서 옷을 벗어도
내가 꼭 바람을 불러야지만 시원하게 해준다
눈치도 둔해져서
춥다고 해도 파고든다
하긴 나도 늙어가니 바람이라고 아니 늙겠는가
이젠 떨쳐 버릴 수도 없으니 내가 참고 살아야지

연인

잎 뒤에 가려진
소중한
꽃 한 송이
누가 볼까 두려워
차마 손대지 못하고
비스듬히 눈 맞춤한다

밤하늘
한 조각 별과 같이
내 삶의 한켠에 서서
조금은 깊이 있게
때론 향기롭게
곡선을 그려가고 있다

2부

안면송에 머물다

안면송에 머물다

조선시대부터 모여 살았다
마디 없이 곧게 뻗은 절개와
궁궐 안에서만 사는 고고한 자부심을 가지고도
평생 백성을 보살피며 어울렸다

모시조개 봉, 진주조개 봉. 바지락 봉. 키조개 봉 등
봉을 이루며 바닷바람을 막아섰고
의지 없어 지친 사람들이 비빌 모래언덕을 이루고
한숨고개를 말없이 보이지 않는 손길로 위로했다

안면도의 터줏대감 안면송이
피톤치드를 마음껏 대접해준다
승언리 황토 초가에서 하룻밤을 보내는
중년의 다섯 여인이 안면송에 빠졌다

곰솔바람이 슬쩍 곁눈질한다

먼 시선

긍정과 부정 사이는
얼마나 멀까요

새만금에 해 기울어
반짝이는 바다 빛

저 낭만의 가도는
끝이 없는 것 같아요

차창 밖 바다에 어둠이 내리자
아름다움이 사그라드네요

잡힐듯하던 별빛과의 대화도
멀어져만 갑니다

집으로 돌아가는
곰소염전 염부의 실루엣

바다와 하늘의 사이에서
지워지고 있어요

두 마리 닭

두 마리 암탉
두 평 남짓 울 속에서
두런거리며 산다
두리번거리기도 하고
두 발로 땅을 헤집기도 하고
두려운 듯 도망도 간다
두 마리가 하루에
두 알씩 계란을 낳지만
두가리에 올라 똥을 싸대기도 하는
두퉁거리 짓을 하여 닭대가리란 소릴 듣는다
두고 보자고 기다려도
두 놈 다 역시 닭대가리다
두 가지 일을 동시에 할 줄 모르는

고독한 독사

속없이 날아다니고 뛰어다니고 몰려다니는 건 싫다
내려다보고 수군대는 것들은
다 혀로 핥아 소름 끼치도록 밀어낸다
손톱에 물들이고 발톱에 힘주며
너풀거리는 것들과는 상대도 하기 싫다
찍찍대고 개골대고 시끄러운 것들은 다 적이다
숲의 권좌를 지키는 고독한 독사다

나는 혼자 있고 싶다

아침이슬만 밟고 다니며 정갈한 몸으로
둥글어 원만하고
누구와도 걸림이 없이 스르륵
흙을 전신으로 기어 다니며
이브를 유혹하여 금단의 열매를 따먹게 한
오체투지의 낮은 데로 임하게 하소서

까만 수박씨

까뭇까뭇 주근깨
입안에서 맴돌다
혀에 한번 밉보이면
가차 없이
퉤
밖으로 곤두박질

뜨거운 여름
같이 몸 부비며 익어왔고
한 냉장고에서
정담 나누었는데

까만 게 죄
영글은 게 죄

며칠 전 해고됐다는 그
평상에 앉아서 멀리멀리
수박씨를 뱉는다

내 얼굴

문득 거울 속의 내 얼굴이 낯설다

겨울보다 빨리 첫서리가 내렸고
보름달은 이미 하현달로 가고 있다

지난여름 홍수가 이마를 지나
가재 잡던 도랑물줄기에 고랑을 냈다

그믐밤 빛나던 샛별도 어느새
천왕성만큼이나 멀고 희미하다

콧등을 가로지르던 준령 능선이
야트막한 고갯길 중턱에서 멈춘다

아침 햇살 가득했던 뺨에
늦가을 들판의 노을만 출렁인다

텃밭 이랑과 고랑이 되어버린
고향집 굴뚝에 모락모락 저녁연기가 피어오른다

우리 집

경기 화성 우정 물미길 66번지가 우리 집이다
40여 년간을 몸담아온 유일한 공연 무대이다
시 할아버님으로부터 출연한 주인공 네 분이 차례로 은
퇴하면서
이제 내가 주인공이 되는가 싶다

그동안 무보수에 온갖 잡일부터 무대 뒷바라지에
이 일 아니면 먹고 살길 없을까 싶어
뛰쳐나가고 싶었던 시절도 있었다
친정 부모님 말씀 뿌리가 되어 이제 아들 며느리가 피어
나고
손주들이 주렁주렁 박수갈채로 휘어진다

울타리를 넘나드는 꽃향기
흐드러진 겨울의 눈꽃까지
꽃 속에 묻힌 집
문지기 장군이
늘어진 붉은 볏의 수탉

등까진 암탉들의 특별출연으로 앞마당 푸른 잔디 위에
신명나는 마당놀이가 펼쳐진다
관객은 나 한 사람이지만 천의 관객감동을 누린다

텃밭 알곡들의 호객행위에
진딧물 개미 두더지 청설모 고라니까지
모두 그냥 지나치지 못한다
나만 제쳐놓는 것 같아 속상하다가도
한철 장사라 간간이 눈감아 준다
천적을 살려야 세상이 풍성해지는 법

풍요 속에 풍덩 빠져버린 우리 집

오래된 선풍기

힘겹게 돌아간다
얼굴들

일흔 개의 둥근 철선 안에서
수십 년 동안
서로의 시간을 닦아주면서
정이 들었다

스드득 스드득
상처 난 슬픔의 가래 끓는 소리로
바람을 일으키려 안간힘을 쓴다

한때
한여름 이글거리는 열기
온몸으로 막으며 바람을 불러왔다

이제

허해진 뼛속은 시린 고독으로 채워져

나와 눈높이를 맞춰간다

당신도 이런 친구 있나요?

속이 헛헛한 날은 벗을 떠올립니다
묻지도 않고 무조건 달려오는 그 벗
절뚝거리는 삶의 길 위에서
제 등을 내밀어 나를 업습니다
서로 물을 필요가 없고
아무리 오래라도 지겹지 않습니다
미소로 만나 폭소로 이어지고
말하지 않았는데 벌써 내 뜻을 압니다
십 년 강산이 두 번 넘어 변했어도
우정 변하지 않고 있습니다
남은 세월도 믿고 있습니다

이런 친구에게
나도 그런 친구가 될 수 있을까요?

경계선

6월
따뜻할까 더울까
긴 소매 접었다 내렸다
여름도 봄도 아닌 것이
피고 지는 경계선

처녀
시집을 갈까 말까
치마 길이 올렸다 내렸다
아가씨도 아줌마도 아닌
혼기 놓친 경계선

황혼
머리를 기를까 자를까
염색을 했다 코팅을 했다
손자 손녀 재롱에도
노인 소린 싫은 경계선

단발머리

이발 도구를 챙기며 감사함이 먼저 나선다
바람 없인 굴러가지도 못하는 낙엽처럼
집안에만 계시는 아버지
꺾어진 가지처럼 곁을 떠나지 못하시는 어머니

조심조심 나의 서툰 가위질 소리
눈 감고 머리를 내맡기시며 젊은 날을 그리고 계실까
엄마의 가는 어깨 위로 떨어지는 흰 머리칼 속에
뜨거운 울컥함이 배여 나온다

매월 마지막 일요일은 머리 깎는 날
싹둑싹둑 엄마의 익숙한 가위질은
동네에서 우리를 단정한 집 아이로 불렸다
따끔따끔한 목덜미가 싫어 언니 먼저 동생 먼저 하며 능
장을 부렸다.
유난히 머리숱이 많은 난 엄마를 더 힘들게 했다
그 많은 날을 거르지 않고 손수 단발을 시켜주신 어머니

주름 속에 새겨진 질곡 된 삶이 거울 속에서
소녀의 미소로 피어난다
노란 은행잎이 하나둘
가을의 빗장을 가르고 있다

빗줄기

한가위 친정 나들이에
속절없이 비가 내린다

높은 문지방에 턱 괴고 앉아
초가지붕 낙숫물 바라보던 어린 시절이
촉촉이 스며든다

마지막 수업을 알리는 학교 종소리
갑작스런 비에
교문을 벗어나지 못하고
서성이던 친구들
초라한 모습으로 나타나신
아버지의 우산은
끝내 나를 씌우지 못하였다

우매함이 빚어낸
후회의 응어리들이
산발처럼 가슴에 내리꽂힌다

빗줄기만큼이나

많은 주름의 아버지는

지금도 여전히 나를 반기신다

드라마에 빠지다

텔레비전 속으로 익숙하게 들어간다
시그널 음악을 듣고야 제목이 생각나고
첫 장면을 봐야 내용이 이어지지만
오랜 습관이다

악인은 몰락하고 마지막은 해피엔딩임을
이미 알고 있으면서도
말도 안 되는 거짓말로
속이고 속고
우연이 우연으로 얽히고설킨
엇갈린 사랑
출생의 비밀
사건의 조합

하지만 가슴 조이며 안타까워하고
슬퍼하며 후련해하는 사이
황금 같은 시간은 녹슨 쇳가루가 된다

얻은 것은 무엇인가

작은 손

하늘보다 더 먼저 문을 연다 나보다 더 부지런하다 매사 나를 제쳐두고 먼저 나선다 깨우지 않는다고 투정을 부려도 탓하지도 않는다 무슨 속셈이 있는 것처럼 도무지 말이 없다 좋은 일만 하니 늘 당당하다 숨어서 하는 일은 절대 하지 않는다 외롭거나 쓸쓸할 때는 어루만져 주고 답답할 때는 토닥여 주기도 한다 버릴 것이라곤 하나도 없다 이젠 손을 믿기로 했다 손이 가리키면 가리키는 대로 가고 손이 쉬면 나도 쉰다 하루 일을 끝내고 깨끗이 닦은 피곤해진 손에 가끔 보너스로 크림도 발라주고 반지도 끼워주고 매니큐어도 발라주며 위로해준다 수많은 일을 하면서도 불평하지 않고 나를 위해 너를 위해 모두를 위해 두 손 모아 기도할 때 나는 고개 숙여 감사한다 손과 나는 하나가 된다

기다림

누군가 부르는 듯
별빛 숨결 보듬어 안고
조용히 기다리는 여인

기쁨의 의미를 새기며
피었다지는 나팔꽃마냥
회감아 오던 영상들이

끝내 자로도 잴 수 없는
시간 속으로
멀어져만 가는 안타까움

차마 떨쳐버리지 못하는
질병 같은 순수함으로
먼 산 발돋움하고 있다

손녀들의 첫 울음

나윤이의 첫 울음은
아빠 엄마가 되는
설레임

시윤, 하윤 쌍둥이의 첫 울음은
꽃피고 새가 날아 숲이 되는
풍성함

채윤이의 첫 울음은
동산 위에 해와 달과 별이 사는
어울림

장마

1

관중을 의식하지 않는 고집스런 비의 공연
빗소리 장단에 맞춰 의식 없이 춤을 추는 잎새들
처마 밑 늘어진 전깃줄에 앉아 울음을 쫓는 새떼들
쉬고 싶어도 하늘의 커튼이 내려지는 시간 채우기

2

안방 누런 종이 장판이 할머니 손등처럼 쭈글 해졌다
곰팡이들이 한 철 장사라고 골목까지 난전을 펼친다
저벅저벅 발맞추는 그리마가 수시로 순찰을 돈다
질긴 습기가 살붙이 인양 끈적거린다

3

빗금으로 시위하던 검은 구름들의 휴식시간이다
바지랑대가 틈새를 노려 구름을 휘젓는다
잽싸게 햇살이 바지랑대를 타고 내려와
호청 위에 눕는다

6월은 유월流月이다

팔랑대고 있다

크고 작은 것이 없다
높고 낮은 것이 없다
어른도 아이도 없다
청춘의 자유로움
푸르름의 퍼레이드

멈출 낌새가 보이지 않는다

나의 신발

검정 고무신에 은빛 모자를 쓰고
별들의 무대를
종횡무진 굴리며 다닌다

빨간 등은 간이 쉼터
파란 등은 고속도로
노란 등은 골목길
휴게소는 에너지

음악이 흐르는 뮤직박스 안에서
마음을 풀어주는 별빛 창가에서
사색으로 채워진 혼자만의 공간을
친구처럼 애인처럼 곁에 머문다

나의 신복
마음만은 프라이드
내 작은 발에 꼭 맞는

백지

벅차다
무엇으로 다 채울 것인가
무작정 열심히 그렸다

하늘에는 해와 달 구름을
허공에는 눈 비 바람을
땅에는 산과 바다를
마음에는 사랑과 슬픔을

깨끗하다
다 지워버렸다
추억만 남기고

3부

몽골초원을 달리다

몽골초원을 달리다

아담한 게르의 흰빛이 눈부시다

징기스칸의 말발굽 소리를 내며
밤새 내달리던 폭풍이
반전의 아침으로 밝았다

아무렇지도 않은 듯 널브러진 허브 향을
함부로 밟으며 자동차가 달린다

사방을 둘러보아도 각이란 없다

사랑니가 빠진 사이로 흘러나오는 아낙의 웃음
신기루에 배를 띄워 초원을 노 젓는다

각을 잃어버린 채 일행은
지구의 둥근 표면을 무시한 채
직선으로 굴러가고 있다

벽화가 있는 발안장터

참고 견뎌오다
울분의 만세 소리를 분출해
장터를 뒤흔들었다

세월이 흘러도 그날의 뜻을
땅 위에 새기고 하늘에 기록해
망각의 시대에 남긴다

화려한 불빛의 쇼핑센터 속에서도
사람들은 여전히 오일장을 기다리고
제암리 함성은 발안만세시장에 남아
고주리 학살을 고발한다

파노라마로 이어지는 뒷골목의 벽화
가슴 뭉클한 이 시대의 증언이고
도약을 꿈꾸는 우리의 다짐이다

유폐의 성

비밀의 방만 가득한 그 성에는 출구가 없다 아침이면 기상나팔을 불기도 하고 성벽을 뛰어넘어 들어오는 이웃들도 있지만 성 안에는 늘 혼자뿐이다 비밀이 들통나면 모든 성문이 동시에 열려 감췄던 치부가 적나라하게 드러난다 그 성에 길들여진 나는 이제 아무데도 갈 수 없다 밖은 온통 낭떠러지 절벽들이다 멀리 별빛이 보이긴 하지만 창문을 닫고 유폐의 삶을 즐긴다 거리는 무화되었고 공간은 이미 지워졌다 자꾸 안으로 빗장을 잠그며 나는 성의 미로를 따라 들어간다 비밀번호를 누르자 문이 활짝 열리는 그 성, 스마트폰

석천리 포구에서

해종일 퍼붓던 햇살을 등에 지고
시야를 당기면서 고깃배가 들어온다

휘청거리는 뱃머리를 밀어내고
낙지 망태에 둘러앉은 구릿빛 사나이들
부드러운 갯벌에서
뼈 없이 자라온 연약한 먹통들
벙어리 냉가슴 앓듯 오글오글 떨고 있다

검지에 돌돌 말리자 부드러움 속에 깃든 강철
목구멍 앞에서도 고분고분 넘어가 주지 않으리라
분노의 초고추장을 안면에 갈겨댄다
거스를 수 없는 약육강식의 이치를
빨판으로 대결하기에는 역부족이다

옷소매로 콧물 닦듯 쓱 입가를 훔쳐내고 있는
유들유들한 자들의 목소리가 왁자하다

생동감 넘치는 갯벌 구멍마다 엽기로 가득 차다
석천리 포구의 석양은 어느새 잠수를 탄다

빨간 단풍잎

석류도 아닌 것이
새콤하기는

홍옥도 아닌 것이
달콤하기는

꽃도 아닌 것이
아름답기는

소녀도 아닌 것이
부끄럽기는

첫사랑도 아닌 것이
설레기는

시위대도 아닌 것이
함성은

젊지도 않은 것이
열정은

아카시아와 벌

오월의 태양열에 튀밥이 튄다
갓 튀겨진 향기가 산을 덮는다

튀밥을 먹는다
한 알 한 알 순서대로 먹는다

자꾸 손이 가는 달콤함에
단발머리 까까머리 끼리끼리 맛있다

벌도 숟가락을 얻는다
뺏어 먹어도 막무가내

제 영역이나 되는지
머리와 손을 마구 찌른다

까까머리들은 산으로 뛰고
단발머리들은 냇가로 뛴다

모두의 손등에 꽃이 핀다

외로운 늦가을

오색 고운 잎 떠나보내고
얼마나 서운했을까

영원히 곁에 있을 것처럼
가지마다 앞다투며 붙어있었지

팔랑거리며 애교 짓던 웃음이
아직도 눈에 아른거리는데

가벼워진 무게를 어루만지며
곧 눈이 내릴 텐데

긴 겨울을 누가
함께 있어 줄까요

스치지 않고 머물겠다는 바람의 위로를
포근히 감싸 주겠다는 함박눈의 약속을

믿어도 될까요

쓰레기를 태우며

불꽃을 본다
약을 올리듯 우쭐대며 춤을 춘다
밤새 쓰다버린 이면지 속의 나
시간의 재가 되고 있다
두 발을 비비며
두 손을 휘저으며
불길은 길을 잃은 채 흩어진다
글자를 꺼내먹던 과자봉지도 탄다
덜 익은 언어에선 연기가 나고
쓰레기 같은 생각들이 활활 타올라
한바탕 불꽃놀이를 펼친다
굳어버린 말의 찌꺼기들 뿐이다
부지깽이로 재를 쑤시는데 뭐가 걸린다
낯설다고 버렸던 단어들
재를 털고 자세히 본다

시를 찾았다

포도가 몸을 풀다

여름 태양은 정열적
포도송이마다 제 피를 담는다

하나의 난자에 수만의 정자가 달라붙어
치열한 자리다툼을 하더니
일란성 쌍둥이무리의 형제애로 뭉친다

뜨거운 알몸의 열기에 허연 입김을 토하며
탱탱한 엉덩이들 다투어 파고든다

한껏 흘린 땀의 결정체
태양의 육즙과 바람의 향기

절정의 폭발음이 하늘로 튀고
황홀한 기쁨이 투명하게 쏟아져 나온다

와인그라스에 담긴 태양
만삭의 몸이 풀려나간다

노을

약속은 바람에 실려 갔고
나는 빈 바람만 안고 발길을 돌렸다

초점 없는 시선의 무게가
저녁 발등을 짓누르고 있었다

죄 없는 낙조를 과녁 삼아
힘껏 심통의 화살을 날렸다

과녁의 중심을 정통으로 맞은 하늘은
서서히 불바다를 이뤘다

타라
다 타 버려라

분통은 검은 재로 변해 지상을 덮고
별빛은 가득 잿불이 되었다

달빛 환한 봄밤

찔레꽃이 하얗게 웃고 있다

누드촬영

사월의 새벽
속초해수욕장 옷을 벗는다

촛대 바위가 하얀 거품을 내뿜으며
먼동을 틔우려 안간힘이다

전라의 모델은
긴 머리로 간신히 몸을 가렸다

수백 개의 후레쉬 열기만으로
차가운 새벽 공기를 데울 수 없어
살갗마다 소름을 토한다

작은 온기나마 빼앗기지 않으려고
두 꼭지는 검은 빛을 발하며
따개비처럼 탱탱하게 붙어있다

한 점 태초의 숨결을 놓칠세라

렌즈 속 찰나를 붙잡는다

추어탕을 끓이다

왕소금으로 해감을 하고
호박잎으로 문지른다

요리핑계 조리핑계 대며
미끌미끌 잘도 빠져나가더니
나이 들어 검은 잔꾀의 미련
지느러미에 접어두고
조용히 숙면의 길을 찾는다

술고개 담배고개 노름고개
진흙 속 휘젓고 넘나들던 갯고랑

분골쇄신 이 한 몸 가루로 변해
초가을 찬입에 별미가 되어
고단함 등진 당신의 어깨 위에
힘이 되어 주리라

시래기 토란대 넣은 뚝배기에서
따끈한 산초향이 피어오른다

진고개 정상에서

멀리 바다 끝에서부터
구겨진 옥색치마를 다림질하며
유람선이 오고 있다

파도의 호위를 받으며
돌아온 강릉 바닷길
진고개 정상에서 숨을 돌린다

자작나무가 흰빛을 두른 게
사임당 만난 듯하고
쭉쭉 뻗은 강릉송은
율곡이 와서 서 있는 듯하다

소금강 붉은 계곡을 떠나기 아쉬워
산 그림자가 서성인다
산허리를 돌아 바다를 향하는 바람에서
가을의 풍요가 향기롭다

꿈틀대는 오대산, 저 관능의 능선
발기된 단풍들이 산을 덮으며
노년의 뜨거움을 과시하고 있다

소나기

질러라

바람에 맞고
천둥에 맞고
갈기갈기 찢어진 마음
더 이상 아픈 기억 사라질 때까지

즐겨라

난타도 쳐보고
스텝도 밟아보고
합창도 해보고
피할 수 없으니 즐겨나 보게

흘러라

산 위에 흐르고

길 위에 흐르고

멈추지 않는 이 눈물

호수 안에 고여 잔잔해질 때까지

갈잎의 노래

한때 무더웠던 여름의 자리에서
갈잎들이 모여 노래를 부른다

뿌리의 숨소리를 들으며
몸의 마디마디 둥근 화음이 솟는다

청춘과의 이별노래였다가
먼 파도를 그리는 연가일지도 몰라

설핏 살얼음 지는 날이면
그 밑을 흐르는 물소리도 어울리고
경쾌한 바람이 지휘하는 대로
사각사각 합창소리가 굴러간다

겨울은 서서 견디는 자의 것
마른 몸의 가닥들을 붙잡고
더 이상 부를 노래가 없을 때까지
갈잎은 서로의 몸을 비벼대며 견딘다

가을 창가에서

야단스럽던 줄기가 헐렁해지고
악착같던 잎들도 다 떨어진다

소슬바람만 뒤늦게 남아
마음이 허해지도록 부채질한다

산등성은 갈색 곡선으로 눈을 홀리고
여름날 깔깔대던 웃음들 사라진 자리
은행잎이 창틀에 매달려있다

벌써부터 먼 봄이 그리운 건
갈수록 짧아지는 가을 햇살 때문

헤이즐넛 향 다 날아가도록
가을 창은 투명함을 가득 품은 채
생의 방향을 안으로 향하고 있다

국화

먼 곳을 지나가는 바람을 모아
국화는 시간의 향기를 만든다

산비탈만큼이나 가파르게 세월은 비껴가고
나는 또 다른 나를 본다

시월의 보름달처럼 국화가 피고
아르모니아 카페에 앉아
커피보다 진한 향수를 마신다

어떤 정성이 대를 세웠을까
모자람 없는 손길을 주었을까
찬 이슬 맞았는데 저 당당함이라니
가을을 장악하고 있다

국화 앞에서는 누구나 시인이다
시의 향기를 품고 이슬에 젖고

한껏 달아오른 풍만한 가을 시 한 편
쓸쓸한 가슴에 새긴다

눈이 내리다 1

드디어 하늘에서 반란이 시작되었다
지휘관도 소용없다
누가 적군이고 누가 아군인지
강자도 약자도 모른다
치고받고 부딪치고
감싸 안기도 하고
스크럼을 짜기도 하고
뭉쳤다 흩어졌다
소리 없는 몸짓들로
허공을 완전 장악하고
이제
지칠 대로 지쳐버린
더 이상의 아우성은
날개를 접고
막다른 길 위에서
하얗게 얼어붙은 시체들

얻은 것은 무엇이고
잃은 것은 무엇인가

모두가 사라질 한 조각 꿈인 것을

대둔산을 오르며

일상의 틀을 날려보내고
산삼의 효과를 캐러

땀을 안주삼아
시원한 바람주도 마셔가며
개미군단 일사불란 줄을 잇는다

구름을 타고 앉은 마천대는
꿈틀대는 능선 사이로
내리 꽂히는 폭포의 기를 마시며
위엄을 자랑하고 있다

그 위엄 뿌리가 되어
대둔산이 자라고
등산객의 마음이 자란다

4부

바람인형

바람인형

굽혔다 제쳤다 허리의
근육이 유연하다
양손을 허공에 펄럭이는 그는
술 취한 순댓국 밥집 아주머니처럼 춤춘다
발목 묶인 바람의 노예가 되어
빈 가슴으로 헛헛한 웃음을 날린다

해가 지고 송풍기가 멈춘다
웃음도 춤도 유연하던 허리도
부르르 부르르 바람 빠지는 소리
제 속을 게워내며 주저앉는다

축제가 끝나는 어둠 뒤에서
삶의 흔적은 껍데기처럼 남아
바람이 지나간 자리를 채운다

별

별이 되고 싶어라

모든 이의 마음을 설레게 하는

그런 별 말고 오직 한 사람

마음을 설레게 하는

영원히 변치 않는

나만의 북극성 같은

사마귀

꽃잎 위에 앉아

머리보다 큰 사팔눈을 굴리며

이빨 빠진 낫과 같은 손으로

아차하면 날아서라도 공격할 수 있는

악으로 똘똘 뭉쳐진

감히 어여쁜 꽃잎 속에서

자신을 위장하고 있다

맥크로렌즈 속에서 나는 보았다

꽃을 사랑하는 속마음을

나비와 친구 되고픈 외로움을

요술에 걸린 악의 탈을 벗어 던지고픈

소주병

늦은 오후 속이 허한 사내가
나를 숲속으로 데리고 간다
잃어버린 하루를 벤치에 맡긴다

나는 그의 속으로 들어가 그의 마음을 읽는다
오솔길 언덕길 때론 징검다리
천천히 가야 할 길을 바삐 오다 지쳤나 보다

내가 빈 만큼 그가 채워지고
내 속을 가득 채운 그는 출구를 찾았다는 듯
불빛을 향해 활보해 나갔다

다 비워준 나는
혼자 남아 허한 속을 바람으로 채운다

옷걸이

육체미라곤
의문의 작은 얼굴과
앙상한 양 어깨만이 전부이지만
누구 앞에서건 절대 고개를 숙이거나
움츠리는 일 없이 당당하다

종일 시달려 구겨진 몸
삶의 무게를 나누자고
편히 쉬게 어깨를 내주는
들며 날 때마다 보는 눈빛
오늘도 무사히
고분고분
기다리는
의지의 동반자

묻지 않는다
곧은 길 걸어가길 바랄 뿐이다

하회탈

오리나무가 사람이 되었다

총각이 각시에게

중이 할미에게

초라니가 이매에게

방정맞게 능청맞게 맵시있게

파안대소 덩실덩실

탈춤을 춘다

불끈 쥔 두 주먹을 휘장으로 가리고

목덜미를 얇게 감는다

왼발을 들었다 놓았다 하는 사이

오른발로 추임새를 을러본다

엉덩이를 들썩들썩

요리 날릴까 조리 날릴까

고개를 앞뒤로 까딱까딱

소매 속에 감춘 손을 휘익 날려

한바탕 속풀이를 하고 나면

웅크리고 있던 울화

신명나게 하늘로 치솟는다

홍시

기억으로 매달려있는 붉은 그리움
까치밥 하나

아버지, 감나무 아래

밤새 쏟아진 별꽃들을
쓸고 계신다

어머니, 주워온 도사리들

실에 꿰어
목에 걸어주신다

별꽃들
목걸이들
어디쯤에서 잃었을까

뛰노는 손녀들의 목에서
달랑대는 별꽃목걸이

뜨거운 눈물이 주르르 흐를 것 같은
유년의 추억이 고여 있다

파란 하늘 속에
빠알간 늦가을 둥이

카메라

유령의 블랙하우스
침묵으로 굳게 닫혀있다
절대 안을 들여다볼 수 없는 창
외눈박이 총을 겨누고 밖을 살핀다
언제 방아쇠를 당길지 모른다
숨죽여 다가가는 긴장의 연속
방안엔 앉은뱅이 거울뿐
외부와의 연락은 한 줄기 빛
거울은 모든 것을 빛에게 건다
당당하게 허가받은 유일한 빛은
현재를 잡아 과거로 만든다
미래에게는 절대 비밀
그는 기억을 절대 믿지 않는다
결코 말하는 법이 없다
오직 어둠을 통과한 빛만이 진리다

손에 익은 카메라의 초점을 맞추며
나는 어둠 속으로 들어간다

눈이 내리다 2

거대한 꽃망울이 터졌다
꽃즙이 뚝뚝 떨어진다
동심들이 모여 꿀물을 먹는다

흐드러진 꽃잎 잡지 못하고
가뭇없이 사라져도
하느적 거리는 춤사위는 시나브로 이어진다
어두운 그림자를 하얗게 덧칠 하고
그 위를 화려하게 수 놓는다
하늘과 땅 사이가 눈비로 가득하다
우리의 마음도 사랑으로 가득하다

그리운 사람들의 안부가 궁금하다

눈꽃

은어들이 지느러미를 털며 쏟아져 내린다
산달이 꽉 찬 하늘이 문을 열고
몇 날 동안 뒹굴던 통증을 풀어놓자
맑은 수박향이 꽃잎 사이에 퍼진다

태평양 파도를 가르던 은빛 비늘들
한 조각씩 떼어 마파람에 뿌리고
대지를 향한 먼 기억을 뭉쳐
허공을 유연하게 헤엄쳐 내려온다

겨우내 말라버린 동토 위에
구들장 뜨겁던 새벽 솜이불 온기가
하얗게 하얗게 쌓이고 덮이는 때
어린 은어 떼가 숨 가쁘게 몰려온다

긴 여정, 피곤함을 반갑게 맞는다
가지와 우듬지와 꺾인 자리 끄트머리까지
짧은 생을 꽃으로 머문다

토마토

토마토를 심어놓고 매일 들여다봅니다

자랄수록 나를 닮아간다는 것 때문입니다

둥근 얼굴을 닮았고

시지 않은 것이 닮았고

겉과 속이 똑같은 것이 닮았고

어른 아이 모두 좋아하는 것이 닮았고

늘 정열적인 것이 닮았고

지금이 딱 제철이란 것이 닮았기 때문입니다

백자 항아리

보름달이 뜰 때마다 창문을 열어두자
달빛이 내려와 항아리를 품으니
제 몸을 풀어 스스로 백자가 되었다

대물린 뒤주 위 백자 항아리
아침 햇살로 문질러 닦아 놓으면
저녁노을이 머물다 가곤 했다

세월은 금이 가기도 하고
시간의 모서리는 닳기도 하지만
흐리고 바람 부는 날에도
백자항아리는 모질게 제 자리를 살펴
거실 귀퉁이에서 환하게 서 있었다

끝내 한 줌의 흰 가루로 사위어
항아리 속으로 들어가신 어머니

고드름

마음이 따뜻하면

고드름이 운다
사위어 가는 몸
기댈 곳 없어

마음이 싸늘하면

고드름이 웃는다
단단해지는 몸
두려움 없어

울고 웃는 고드름 같은 인간사
역행하는 도깨비 같은 인생사

유리벽

문도 창도 없는 유리방
사랑이 그 안에 갇혔다

만질 수 있는 만큼 가까워도
별처럼 먼 투명성
유리벽에 내려와 주저앉는다

벽에도 귀가 있다는데
소리를 질러본다
들리는 건 되돌아오는 울림뿐

잊었다고 생각해도 소용없다
유리벽은 망각을 허락하지 않아
잔인한 햇살이 또 들어온다

꼬리연

연이
꼬리를 친다

바람이
홀딱 넘어가
정신을 못 차린다

한 가닥 실
위태롭게 팽팽하다

바람둥이

형광등

여인의 소복은 한의 불빛이었다
밝은 표정의 웃음은 어둠을 먹었고
단단한 유리관 속에 갇힌 마음은
하얗게 타들어 가는 슬픔이었다

안전핀이 뽑힌 수류탄을 잡고 있어
조금만 건드려도 터질 위험들
가는 허리에 담아 달래고 있다

가장 적절한 순간에 터져버린 빛은
다가오던 어둠을 한순간 집어삼키고
겹겹의 침묵을 백일하에 낱낱이 벗겨내어
한 점 숨길 수 없는 알몸으로
조용히 흐느끼고 있다

배추벌레

늦게 심은 텃밭 김장배추에
백수건달이 셋방을 들었다

하루 종일 푸른 이불을 뒤집어쓰고
숭숭 구멍 뚫린 주인과는 반대다

정보의 시대, 온갖 처방들
한 방에 날릴 수 있다는 식초시위
냄새만 맡아도 고꾸라진다는 막걸리세레
수십 년 갈고닦은 젓가락봉술
내공의 백수건달에게는 무용지물이었다

안 되겠다 하늘에 비는 수밖에
지성이면 감천이요 치성이면 동천이라
찬바람 불고 서리 한 방에
배추벌레의 집착은 공염불이 되었다

진흙축제
– 보령머드축제에서

부글부글

세계의 젊은이들이 끓는다

바다가 촘촘하다

탱탱한 유혹들이 눈부시다

모래성 속에서 맞잡은

연인들의 뜨거운 손

갈매기들의 날개바람으론 식힐 수 없다

검은 피 튀기며 싸우는

기쁨에 성난 사자들은

누구도 말릴 수 없는

진흙구이의 맛을 아는 미식가들

아주 오래전부터 바다는

흙을 체질하여 진흙과 모래를 갈랐다

그 시간의 위에 서서

나는 발바닥의 지문을 찍는다

직립의 파도를 움켜잡으려고
함성을 휘날리며 다리에 힘을 모아
기우는 태양을 당기고 있다

석류

봉긋 솟아오른 수줍음으로
야금야금 태양을 감싸 안는다

차마 말하지 못하고
여백도 없이 꼭 다문 입

알갱이 하나에
초경이 설렘이 성숙이
사랑이 행복이 그리움이

계절의 애무에 그만
빵 터져버린
보석 같은 비밀들